おばけ道、ただいま工事中!?

草野あきこ 作
平澤朋子 絵

一　おばけとのけいやく

夜中、ぼくを呼《よ》んでいる声で目をさますと、女の子がまくら元に立っていた。

夢見《ゆめみ》てんのかな？　この子だれだっけ？

ベッドに起《お》きあがって、働《はたら》かない頭をぼりぼりかいた。ええと、ここはぼくの家のぼくの部屋《へや》のベッドで……ん？

「うわあ、どろぼうっ」

壁《かべ》に後頭部《こうとうぶ》を思いっきりぶつけた。

「失礼《しつれい》ね、どろぼうじゃないわよ。わたしは、お・ば・け」

電気の消《き》えた部屋《へや》のなか、その子は月みたいにぼおっと光っている。

「ひ、ひ……おば、け」

助《たす》けを呼《よ》びたいのに声が出ない。

「わたしは、翔太《しょうた》さんと同じ小学四年生で、サトというの。おばけ協会《きょうかい》からきました」

「おばけって……も、もう夏休みは終《お》わったよ、秋なのに」

「おばけがでるのは夏とは決《き》まってないの。もう、わたしのすがたくらいにおびえていたんじゃ、これからが不安《ふあん》だわ。はい、これ」

サトという女の子が、手をさし出した。なにか紙を持《も》っているみたい。

「あっ、くらくて見えないわね」

そういったとたん、ひとりでに部屋の電気がぱっとついた。その子が紙をぼくの目の前に近づけて見せた。

『おばけ道工事中《こうじちゅう》につきご迷惑《めいわく》おかけします』

コピー用紙くらいの白い紙にそう書かれ、はしっこのほうには、白い風船に目だけついているようなおばけらしきものが、頭をさげているイラストがかかれていた。

「どういうこと?」

ぼくはサトの顔を見た。ふたつにむすんだ髪《かみ》にきりっとした目、白いブラウスに赤いスカート。部屋《へや》のあかりがつくと、ふつうの女の子と変《か》わらないように見えて、少しこわさがうすれてきていた。

「あのね、かんたんに説明《せつめい》すると――」

死《し》んだ人がおばけ界《かい》へいくための、おばけ道というものが世界中《せかいじゅう》に

おばけ道
工事中につき
ご迷惑
おかけします

通っている。この町の上空にもおばけ道があるが、一部《いちぶ》が古くなったため修復工事《しゅうふくこうじ》をすることになった。工事の期間中《きかんちゅう》、仮《かり》のおばけ道を通さなければならない。というわけで、この部屋《へや》に仮のおばけ道を通させてほしい――。

「ええーっ」

そこまで説明《せつめい》を聞いたところで、ぼくは大声をあげた。

「しずかにしてよ」

「だ、だって、なんでぼくの部屋に？」

「ふつうはね、元の道の横《よこ》とかちょっと上下とかに通すんだけど、一箇《か》所《しょ》だけ、どうしても『妖精《ようせい》が通る道』と『神様《かみさま》の使《つか》いが通る道』にぶつかってしまうそうなの。調査《ちょうさ》した結果《けっか》、この部屋を通すのがいちばん都《つ》合《ごう》がいいってことになったらしくって」

「ぼくの都合《つごう》はよくないよ」

サトは無視《むし》して、話を続《つづ》ける。

「たとえると、上空からくだりのエスカレーターでこの家の裏《うら》の雑木《ぞうき》林《ばやし》あたりにおりて、この部屋《へや》を横切《よこぎ》りそっちの机《つくえ》がおいてある角の天《てん》井《じょう》からまた、エスカレーターで上空へのぼっていくような感《かん》じね。期間《きかん》は人間の時間でちょうど一週間よ」

「そんな勝手《かって》に決《き》めるなよ。いやだ、断《ことわ》る」

サトはぼくのことばを聞くと、急《きゅう》にだらんと脱力《だつりょく》したようにうつむき、いままでとはちがう低《ひく》くおそろしい声でいった。

「恨《うら》んでやるー」

鳥肌《とりはだ》が全身《ぜんしん》に立った。

「わかったよー」

ぼくは思わず口走っていた。

サトは「あらそう?」とにっこりして、『おばけ道工事中《こうじちゅう》――』の紙を裏《うら》がえした。なにか文字が書かれている。ぼくは涙目《なみだめ》をごしごしこすってよく見た。

「けいやくしょ?」

「そうよ。ありがとう、承知《しょうち》してくれて。あっここに、サインしてね」

『一週間、おばけ道を通すことに同意《どうい》します。このことは、ほかの人間にはぜったいにいいません』

ぼくは、その文章《ぶんしょう》の横《よこ》に、伊藤翔太《いとうしょうた》とサインさせられながら聞いた。

「一週間だよね？　だれにもいわなければいいんだよね？」

「ええ、そうよ。そのあいだ、夜中の二時から三時まで、おばけが通っていくのが見えるけど気にしなくていいから」

「えっ見えるの？」

「霊力《れいりょく》が外にもれないようにおばけ道には加工《かこう》するんだけど、けっこう予算《よさん》がかかるらしいの。まあ、部屋《へや》のなかなら見えるのは翔太《しょうた》さんひとりだから、ここは加工なしでいいだろうって、おばけ協会《きょうかい》の予算委員会《よさんいいんかい》で決《き》まったのよ」

「ひどいよ」

一週間、父さんと母さんの部屋でねよう。

「それから、ほかの人におばけ道のことを知られないように、翔太さんがこの部屋《へや》をしっかり守《まも》ってほかの人を入れないようにね」

ひとごとだと思って、ぼくのほうが「恨《うら》んでやる」のセリフをいいたい気分だ。

「じゃ、明日の夜からおばけ道ができるから、おねがいね」

サトのすがたが消《き》えかけたと思ったら、「あっそうだった」と、また元にもどった。

「これ忘《わす》れるとこだった」

スカートのポケットから、小さな紙を取《と》り出した。

「まだ、なんかあるのかよ」

「はい、これ。引きうけてくれたお礼《れい》よ」

「クーポン?」

よくあるお店のクーポンと変《か》わらない。全部《ぜんぶ》で五枚《まい》、表《おもて》には黒地に赤い文字でおばけクーポンと書かれ、裏《うら》には同じように黒地に赤い文字でそれぞれ、おばけ道散歩体験《さんぽたいけん》クーポン、おばけ界《かい》の秘密《ひみつ》を知るクーポン、おばけに手紙を出せるクーポン、おばけから手紙をもらえるクーポン、おばけに会えるクーポンと書かれていた。サインを書くところがあり、細かな字で注意《ちゅうい》書きも記されていた。

「わたしが毎晩《まいばん》、おばけ道の様子《ようす》を見にくるから、クーポンを使《つか》いたいときはそのときにわたしてね」

このクーポンってなんだかびみょうだ、きっと使わないだろうと思ってるうちに、サトのすがたは消《き》えていた。

二　おばけ道あらわれる

いつのまにか朝になっていた。手にはしっかり、おばけクーポンをにぎっていた。

夢《ゆめ》じゃなかったかあ、今夜からどうしよう。

ためいきをつきながら、クーポンを机《つくえ》の引き出しのおくにしまった。

学校にいって席《せき》に座《すわ》っても、おばけ道のことばかり考《かんが》えていた。先生の話は、耳から耳へ流《なが》れていくばかり。

ん？　脳《のう》みそがいま、ぴくっと反応《はんのう》した。

「――それで、今日が井上《いのうえ》さんのおじいさんのお葬式《そうしき》です。井上さんは、

明日まで学校をお休みします」

「なあ、井上のおじいちゃんって死《し》んじゃったの?」

後ろの席《せき》のヒロキに確認《かくにん》する。

「なんだ、聞いてなかったのかよ。一週間前から入院してたけど、おといの土曜日、急変《きゅうへん》っていうんだっけ、急に悪《わる》くなって亡《な》くなったってよ」

「ふうん」

井上由紀《ゆき》のおじいちゃんなら、知っている。幼稚園《ようちえん》が由紀といっしょだったから、そのころよく遊《あそ》びにいっていた。おじいちゃんはいつもやさしくておかしをくれたり転《ころ》んだぼくのひざを洗《あら》ってくれたりした。

右のななめ後ろをふりかえった。いつもおとなしいから気づかなかったけど、由紀《ゆき》の席《せき》は空っぽだ。

家に帰ると、母さんが目を少し赤くしていた。由紀のおじいちゃんのお葬式《そうしき》に出席《しゅっせき》したらしい。母さんは由紀のお母さんと親しくしてたんだ。

「由紀ちゃん、泣《な》いていてかわいそうだったわ」

「ふうん、そっか」

小学校に入ってから、由紀とは遊《あそ》ばなくなったけど、あいつおじいちゃんが大すきだったもんな。きっとすごくかなしいだろうな。

あっ、おじいちゃんって、もうおばけ道は通ったんだろうか、もしかして今夜だったりして。知っている人のおばけでも、やっぱりこわいのかな。

「翔太《しょうた》、もうねる時間じゃないのか?」

会社から帰ってきて、食事《しょくじ》とお風呂《ふろ》をすませた父さんが、ふしぎそうに聞いた。

「十時になると、いつもねむいっていってるくせに、もう十一時だぞ」

「うーん、まだねむくない」

「あらやだ、本当。もう十一時じゃない。翔太《しょうた》、早くねなさい。朝、なかなか起《お》きてこられないんだから」

ニャーン

ネコのマロンまでぼくの足をおしやるように、頭をぶつけてくる。

そうだ、マロンいっしょにこい。

ぼくはマロンをかかえると、かくごを決《き》めて、二階《かい》の自分の部屋《へや》へむかった。ふりかえって、父さんと母さんに念《ねん》をおす。

「もう、ぼくの部屋《へや》に用事《ようじ》なんてないよね」

「ないわよ、用事なんて」

「じゃ、おやすみ」

ぼくはベッドで毛布《もうふ》にくるまって、壁《かべ》によりかかった。もちろん、電気はつけたままだ。マロンはふしぎそうに、部屋のなかをうろうろ歩きまわっている。ネコでも生きものがいっしょにいてくれるのが、こんなに心強いなんて。

「マロン、おまえがいてくれてよかった」

ニャニャーン

サトは、ほかの人は入れないようにいったけど、ネコはだめだとはいわなかった。

おばけってことは、サトは死《し》んでるんだよな。事故《じこ》かな? まだ子どもなのになあ……。

いつのまにか、壁《かべ》によりかかったままねむりこんでいたみたいだ。ふと気づいたら、部屋《へや》のなかがまっくらになっていた。

電気つけてたのに。急《きゅう》にぞくっとした。

ニャーン

「マロン?」

呼《よ》んだら、マロンがさっとよってきて、ぼくのひざにのった。マロンをだきしめた。

部屋の上半分くらいが、急に明るくなった。壁の時計を見ると、ちょうど二時!

「わあっ、こ、これが、おばけ道」

ちょうど暗闇《くらやみ》に車のヘッドライトがさしこんだみたいだ。ベッドをおいている、雑木林《ぞうきばやし》があるほうの壁《かべ》から、机《つくえ》をおいている角のほうへ光のトンネルができている。ベッドに座《すわ》っているぼくの頭のちょっと上に、おばけ道の地面《じめん》の部分《ぶぶん》がある。

そのうち、サッサッという音が雑木林のほうから聞こえてきた。だれか歩いてくる。マロンの背中《せなか》

の毛が逆立《さかだ》った。
壁《かべ》から人がすりぬけてきた。大声で叫《さけ》びそうなのをやっと、こらえた。知らないおじいさんだ。ぼうしをかぶって杖《つえ》をついて、すべるように歩いてぼくの頭上をこえていく。見あげているぼくに気づくと、ぼうしをちょっとあげてみせ、机《つくえ》のある角へすいこまれるように消《き》えていった。
そのあとから、おじさんがやってきた。

「まったくよ、なんで酒をちょっと飲《の》みすぎただけで、死《し》ななくちゃならねえんだよ」

よってるみたい。ふらふらしていると思ったら、急《きゅう》に倒《たお》れこんだ。

「おっ？」

おじさんがぼくを見た。マロンがうなりながら、ぼくの腕《うで》から飛《と》び出しそうになる。おじさんは、ぼくとマロンを見てにやっとわらうと、手をぼくのほうにのばしてきた。手はおばけ道の地面《じめん》をつきやぶり、ぼくの顔の前まで近づいた。

「うわあああ」

つかまる！

フンギャア

そのとたん、マロンが飛《と》びあがっておじさんの手を引っかいた。

「おお、いてえよお、ああなんで死《し》んでからもこんな目に、ひでえなあ」

おじさんはただの、よっぱらいのおじさんにもどって泣《な》きはじめた。

ぼくはちょっと、おじさんがかわいそうになった。死にたくなんてなかったんだ、そうだよな。

「なあ、ぼうや、おじさんの手の引っかかれたところ、血《ち》が出てないかい？」

「えっ？　ちょっと待《ま》って」

ぼくがおじさんの手のほうに顔を近づけると、いきなりおじさんの手が、ぼくの髪《かみ》の毛をつかんだ。

「うわあああ、やめて」

マロンがまた飛《と》びあがったけど、おじさんの手はぼくをつかんだまま
おばけ道のなかに入っていく。
おばけ道に引きずりこまれる！
そう思った瞬間《しゅんかん》、いせいのいい声が響《ひび》いた。
「こら、やめんか！　子どもにちょっかい出すなんて、成仏《じょうぶつ》できない
ぞっ」
バシッと音がして、おじさんの手がはなれた。ぼくはあわてて、あと
ずさった。
「いてえ、たたかなくてもいいじゃないか。ちょっと、からかっただけさ」
おじさんが頭をおさえている。
「ぼく、だいじょうぶかい？　おや、きみ翔太《しょうた》くんじゃないかね？」

「……あっ、由紀《ゆき》のおじいちゃん」

ぼくが幼稚園児《ようちえんじ》だったころ、いつも由紀の家で見かけていたおじいちゃん。あのころと変《か》わらないすがたで、やさしく笑《わら》っている。

由紀のおじいちゃんが、よっぱらいおじさんを思いっきりおすと、おじさんはぶつぶついいながら角から消《き》えていった。

おじいちゃんは道にひざをついて、ぼくを見た。

「ありがとう、おじいちゃん」

ふしぎとこわくはなかった。マロンもぼくの横《よこ》にしずかに座《すわ》った。

「いいんだよ。翔太《しょうた》くん、ひさしぶりだねえ。小さいころ、由紀と遊《あそ》んでくれてありがとう」

「ううん、あの、ちかごろはあまり由紀と遊んでなくて……」

「そりゃあ、大きくなった証拠《しょうこ》さ。でもなあ、由紀《ゆき》のことときどき見てやってくれないか。あの子友だちつくるの、あまりうまくないだろう。それが、気がかりでね」

おじいちゃんは、心配《しんぱい》そうな顔になった。

「だいじょうぶだよ、おじいちゃん。ぼくが由紀の友だちになり直すから」

ぼくが力をこめていうと、おじいちゃんは「はっはっ」と笑《わら》った。

「友だちになり直す、か。そりゃあいい。それを聞いて安心《あんしん》したよ。さあ、もういかなくちゃ」

おじいちゃんは立ちあがり、ぼくに手をふって歩いていった。

「いい話だわ」

突然《とつぜん》すぐそばで声がした。サトが感心《かんしん》したような顔をして立っている。

「あっ、いつのまに。さっき危《あぶ》なかったんだぞ、おじさんに引きずりこまれそうになってさ」

ぼくのけんまくに、サトはちょっと気まずそうな顔をした。

「ごめんね、あまりおばけ道に近づかないようにいうの忘《わす》れてた」

サトはえへっと肩《かた》をすくめた。サトがつけたした説明《せつめい》によるとこうだ。

おばけは、おばけ道から手や足など、からだの一部《いちぶ》を出すことができる。でも、全身《ぜんしん》は出せないので、おばけ道からはなれていればだいじょうぶ。

「なにがだいじょうぶ、だよ。おばけのおじさんにつかまれた瞬間《しゅんかん》、からだじゅうがこおったみたいになってさ、遊園地《ゆうえんち》のおばけ屋敷《やしき》の何万倍《なんまんばい》もの恐怖《きょうふ》だったんだからっ、なあマロン」

フミャア

マロンもそうだというように鳴いた。

「わあ、かわいい、茶色のネコちゃん」

サトはマロンをだいて、ベッドに座《すわ》った。

「本当にごめんね、くるのがおそくなって」

「まあ、無事《ぶじ》だったからいいけどさ」

「おばけ道に引きずりこまれなくてよかったわ。道のなかに入ってしまったら、おばけ界《かい》までいってしまうもの。ふふふっ」

ぼくはサトの頭をはたきたくなる衝動《しょうどう》をおさえて、となりにならんで座《すわ》った。マロンはサトのひざの上で、気持《きも》ちよさそうにしている。おばけなのに、サトにはすっかりなついてる。

「ネコちゃん、マロンっていうのね」

サトがマロンの背中《せなか》をなでると、マロンはゴロゴロのどを鳴らした。

「ねえ、サトはどうして死《し》んでしまったの？」

「病気《びょうき》よ」

「なんでおばけ道を通らないで、いきなりあらわれるの？」

「おばけ道を通るのは、死んでおばけ界《かい》にいくときだけだもの。わたしは、翔太《しょうた》さんの部屋《へや》につくられたおばけ道の管理《かんり》を、おばけ協会《きょうかい》からまかされているから、この部屋へ直接《ちょくせつ》こられるのよ」

初《はじ》めて聞くおばけ界《かい》の話。わけのわからない、ふしぎなことだらけだ。

「そのおばけ協会《きょうかい》ってなに？」

「人は死《し》んでからもしばらくは、生きていたときみたいに生活するのよ。勉強《べんきょう》したり働《はたら》いたり、遊《あそ》んだりおしゃべりしたり。その生活をまとめたりお世話《せわ》したりするのが、おばけ協会なの」

「サトってぼくと同じ四年生なのに、仕事《しごと》をまかされるなんて、すごいんだ」

「死んでからもずっと、勉強してきたもの。見た目は四年生でも、翔太《しょうた》さんよりはおとななんだからね」

サトは口をとがらせた。その表情《ひょうじょう》はとても、子どもっぽかったけど。

三　マロンをさがしに

また雑木林《ぞうきばやし》のほうから、音が聞こえはじめた。

「あっほら、だれかが通っていくみたいよ」

サトがいるから、こわくはない。

壁《かべ》からすがたをあらわしたのは、包帯《ほうたい》で全身《ぜんしん》をグルグル巻《ま》きにされた人だった。まっすぐ前を見たまま進んでいく。

事故《じこ》にあったのかな？　家族《かぞく》は、いまごろかなしんでるだろうな。

フンミャア

突然《とつぜん》マロンがぼくのからだをふみ台にして、高く飛《と》びあがった。おば

け道をつきやぶり、すとんと着地《ちゃくち》した。おばけ道のなかに！

前を歩いていく人の包帯《ほうたい》がほどけて、その先がひらひらしている。マロンはそれをつかまえようとしてるんだ。

「マロンッ」

ぼくは手をのばした。手の先が風船をつきやぶったような感触《かんしょく》がして、おばけ道のなかに入った。すいこまれるように肩《かた》まで入っていく。

「だめーっ」

サトが思いっきりしがみついてきて、ふたりで床《ゆか》に倒《たお》れた。見あげると、マロンのしっぽが角のほうへ消《き》えていくところだった。

「早く、マロンをさがしにいかなきゃ」

「だめよ、生きている人がおばけ道に入っても、おばけ界《かい》にいってしまうの。おばけ協会《きょうかい》の調査員《ちょうさいん》が、その人の身元《みもと》やおばけ道に侵入《しんにゅう》した理由《りゆう》を調《しら》べ、罰《ばつ》として反省文《はんせいぶん》を書かせて仕事《しごと》をさせるの。おばけ協会の調査員ったら、すっごくきびしくってこわいのよ。元の世界《せかい》に帰してくれるまで、三日もかかるんだから」

「平気だよ、それくらい。反省文や罰そうじなんか、学校でもやってるんだ」

サトはかなしそうに首をふった。

「時間の感覚《かんかく》があっちとこっちの世界とではちがうの。あっちでは三日間でも、こっちでは十倍《ばい》の三十日たってることになるのよ。三十日も小学生が行方不明《ゆくえふめい》になったら、大さわぎになるわ」

「そんなあ、でもマロンは……あっ」

ぼくははっと顔をあげた。そうだ、あれがあった。あれを使《つか》おう。

ぼくは机《つくえ》の引き出しにしまっていたクーポンの一枚《まい》にサインをして、サトにわたした。

『おばけ道散歩体験《さんぽたいけん》クーポン』だ。

サトは受《う》けとったクーポンをじっと見ていたけど、「いいわ」というと、スカートのポケットから丸いバッジを取《と》り出してぼくの胸《むね》につけた。

バッジには『おばけ道散歩体験中』と書かれている。

「このバッジがあれば、おばけ道が消《き》える時間になっても、帰ってこられるから」

「うん」

「さっきもいったけど、おばけ界《かい》では時間のたち方がちがうから気をつけてね。十分のつもりでもこっちでは百分、一時間四十分になるんだから。マロンが見つかったらしっかりつかまえて、バッジをにぎって『体《たい》験終了《けんしゅうりょう》します』っていうのよ」

「うん、わかった」

「おばけ道のとちゅうには、おいしそうなものとかきれいなものとかあるけど、ぜったいに手を出しちゃだめよ」

「うん……でもなんで？」

「本当は、おばけ道にまよいこんだ動物はもう、帰せないの。でもほら、クーポンには『おみやげをひとつお持《も》ち帰りください』って書いてあるでしょ？」

サトがクーポンの、細かな字で書かれているところを指《ゆび》さした。

「うん、書いてある」

「おかしやかざってあるものをひとつ、おみやげに持《も》ってきてもいいんだけど、マロンをおみやげってことにするから」

ぼくとサトは見つめあって、うなずいた。あくしゅでもしたくなるような気分だ。

「さあ、バッジをにぎって『体験開始《たいけんかいし》します』っていって」

バッジをにぎる手が、ふるえている。

「体験開始します」

そのとたん、からだがいきなりうかんで、おばけ道にすいこまれていった。

おばけ道は下から見てたとおり、トンネルのようになっている。周囲《しゅうい》はじょうぶなシャボン玉みたいな感じ。手で壁《かべ》をおすとぷよぷよしている。強くおせばつきぬけそうだ。

「急《いそ》いで、翔太《しょうた》さん」

サトが声をかけてきた。そうだ急がなきゃ。サトに手をあげてみせ、おばけ道を走った。

家の天井《てんじょう》をぬけると、上り坂《ざか》になっている。自分ではふつうに走っているのに、高速《こうそく》のエスカレーターに乗《の》っているように、ぐんぐん上昇《じょうしょう》していく。どのくらいのぼったんだろう。とちゅうで下を見た。

「う、うわあ」

町のあかりが飛行機《ひこうき》から見たように、小さく見える。見なきゃよかった。足ががくがくする。そのときどこかで、マロンの鳴き声が聞こえた

気がした。

心を決《き》めて、いっきに上までのぼりつめた。急《きゅう》に平たい道に出た。その道はふた手に分かれていて、片方《かたほう》はさくがはめられ、最初《さいしょ》にサトに見せられたのと同じ、『おばけ道工事中《こうじちゅう》につきご迷惑《めいわく》おかけします』のはり紙があった。おくのほうで、さわがしい音がしている。こっちが工事《こうじ》中のおばけ道だな。

こんな工事があるおかげでマロンは……。

イラストの頭をさげている白風船おばけがなんだかにくたらしくて、パンチした。

いまぼくが通ってきたところは仮《かり》のおばけ道だけど、本当のおばけ道はとてもりっぱだった。平たくなっている道に足をふみ入れた瞬間《しゅんかん》、地《じ》面《めん》の部分《ぶぶん》は広いレンガ道になり周囲《しゅうい》の景色《けしき》は、世界《せかい》の美しい景色百選《ひゃくせん》を見ているみたい。右を見れば、まっ白な砂浜《すなはま》とミントゼリーのような海が続《つづ》いていて、左は広大なラベンダー畑。歩いているうちに景色はいろいろ変《か》わっていく。山なみになったり深海魚《しんかいぎょ》の群《む》れになったり、ああ上を見ればオーロラだ。

「あ、マロンをさがすんだった。のんびりしてられなかった」

おばけ道はサトがいってたようにあちこちにあるらしく、ときどき合流してくる道がある。でも、その道に入ろうとしてもむかい風に吹《ふ》かれたように、どうしても入れない。進む方向《ほうこう》は決《き》まってるんだな。きっとマロンも同じ道をたどったんだ。

合流している道から人びとがあらわれ、みんな同じ方向へ歩いていく。

お年よりが多い。ニコニコしている人、むずかしい顔をしている人、泣《な》いている人……。だれもぼくには関心《かんしん》がないみたいだ、助かるけど。

おばけ道には木や花が植《う》えられ、ところどころテーブルとイスがおかれている。イスに座《すわ》って休んでいる人もいる。テーブルの上にはおかしや飲《の》みもの、見たことのないくだもの、ガラス細工のような動物《どうぶつ》や建物《たてもの》の形の置《お》きもの、ぬいぐるみやおもちゃなどがおかれていた。メッセージカードがそえられている。

「ふうん、『ご自由《じゆう》にお取《と》りください』だって」

つい、おかしを取りかけて、手を引っこめた。マロン以外《いがい》のものに手を出しちゃだめだった。

四　仲直《なかなお》りのお手伝《てつだ》い

先へしばらく進むと、広場のようなところへ出た。広場のおくにはまっ白な建物《たてもの》が、壁《かべ》のように立ちはだかっていた。アーチ型《がた》の窓《まど》がならび、三角屋根《やね》の塔《とう》がひときわ高くのびている。建物のまわりにはさくがはりめぐらされ、正面に大きな門がついていた。おばけ道を歩いてきた人たちはその門を通り、さらに建物の入り口に入っていくみたいだ。

門の横《よこ》にはわんこ章《しょう》をつけた人がふたり立って、手に持《も》ったノートになにか書きこんでいる。門を通る人をチェックしているみたいだ。

「きっとあれが、すっごくきびしくてこわい、おばけ協会《きょうかい》の調査員《ちょうさいん》だ」

気づかれたら、いやだなあ。マロンはどこいったんだろう。

そのとき、広場をむこうから走ってくる人が見えた。頭に白いリボンをつけた女の人だ。そのあとを茶色のものが追《お》いかけている。

「ああっ、マロン！」

その女の人はぼくに気づくと、なにか大声でわめきながらこっちに走ってきた。思わず逃《に》げそうになった。

「ちょっと、あんたでしょ。さっきこのネコといっしょにいた子」

まだお姉さんって呼《よ》べるくらいの、若い人だ。お姉さんの後ろから走ってきたマロンが、ぼくの腕《うで》に飛《と》びこんできた。

「マロン、よかったー、心配《しんぱい》したんだぞ」

ニャオン

「さあ、急《いそ》いで帰ろうな」

サトにいわれたとおりバッジをにぎろうとした手を、お姉さんがぐいっとおさえた。

「ちょおーっと待《ま》ちなさいよ。あんた、自分のネコがしたことをあやまりもせずに、逃《に》げようなんて。……呪《のろ》うわよ」

「うわあああああ、呪わないでください」

ぼくが泣《な》きそうになると、お姉さんはふっと表情《ひょうじょう》をゆるめた。

「子どもをおどしたって、しょうがないか。まあ、そこのベンチにでも座《すわ》りましょうよ」

ぼくはマロンをだいたまま座り、その横《よこ》にお姉さんが座った。

「まず、これを見てちょうだい」

お姉さんが手をさし出した。引っかき傷《きず》だらけだ。

「ごめんなさい、ぼくのネコが引っかいたんですね。でもどうしてだろう、包帯《ほうたい》の人を追《お》っかけていったはずなのに」

「わたしが、その包帯の人よ」

「えっ？」

お姉さんをよく見た。頭の白いリボンと思っていたのは、包帯みたいだ。

「このネコったらしつこくて、まいったわ。手に巻《ま》いてた包帯のほどけたところにしがみついて、走って逃《に》げてもはなれないんだもの。そこからどんどん包帯がほどけていって、このざまよ」

お姉さんは「ああつかれた」と、ためいきをついた。

「ごめんなさい。でも、どこもケガしてないのに、どうして包帯なんかしてたんですか?」

「ケガどころか大ケガだったわよ。交差点《こうさてん》をわたろうとしたら、まがってきた大型《おおがた》トラックのタイヤに巻《ま》きこまれて、全身《ぜんしん》がぼろぼろになったんだから」

げげっ。

「そのうえ、死《し》んじゃったんだから、ショックだわ」

なにをいえばいいのかわからなかった。

「包帯《ほうたい》がほどけてひどい傷《きず》が見えるのがいやでこのネコから逃《に》げまわってたのに、おばけ道を通ってるうちに、傷あとがどんどん消《き》えていったみたいね」

「よかったですね、といっていいのか」

そういうと、お姉さんは初《はじ》めて笑《わら》った。

「ふふふ、よかったわよ。死《し》んだって傷《きず》あとはないほうがいいわ」

「本当にすみませんでした。……あの、ぼく、そろそろもどらないと」

「そうか、あんた元の世界《せかい》にもどるのよね……。そうだわ、ネコが引っかいたおわびにわたしのおねがいを聞いてもらおうかしら」

「ええっ、で、でも、その引っかき傷だって、ほらもう消《き》えてきてる――」

「心の傷が残《のこ》ったままなのよ。おねがいを聞いてくれないなら――」

お姉さんの目がけわしくなった。

「呪《のろ》わないでくださーい！」

ぼくは叫《さけ》んでいた。

「手紙をね、届《とど》けてほしいの。それだけ」

お姉さんはふと、かなしげな表情《ひょうじょう》になった。

「わたしね、結婚《けっこん》する約束《やくそく》をしてたの。相手《あいて》は、りょうさんっていう人でね。でも、ちょっとしたことでケンカしちゃって」

「別《わか》れたんですか？」

お姉さんが目をかっと見開いた。

「ちがうわよーっ」

ひゃああ。ああもういますぐ帰りたい。マロンをだきしめた。

「まったく、子どもはこれだから」

「ご、ごめんなさい」

「そう、それ。わたしたちおたがいに、ごめんなさいをいってなかったの。そのまま死《し》んじゃって、わたしも後悔《こうかい》したけど、りょうさんもそうなの。今日のわたしのお通夜《つや》でも、りょうさんが『ごめん、早くあやまればよかった』って泣《な》いていて。見てられなくて、もう明日のお葬式《そうしき》まででいたくないって思ったら、すーっとおばけ道にすいこまれちゃった」

「仲直《なかなお》りしたいんですね」

「そう。仲直りして、りょうさんにはしあわせになってもらいたいの」

「わかりました。そのりょうさんに手紙を届《とど》ければいいんですね。でも、書くものが……」

紙とペン……。ふたりでうーんと考《かんが》えた。

「あっそうだわ、これに書けばいいわ」

お姉さんは、頭の包帯《ほうたい》をするりとはずした。

「あとは、ペンね……、あっ、あの人たちがペンらしきものを持《も》ってるわ。借《か》りてこようかしら」

お姉さんは、門の前の調査員《ちょうさいん》を指《ゆび》さした。

「ちょっと待《ま》って」

ぼくはあわてて、お姉さんの手をさっとおろした。

「あの人たち、おばけ協会《きょうかい》の調査員ですよ。すっごく、きびしくてこわいらしいんですから」

調査員たちはさっきから、ぼくたちのことを気にしているらしく、ちらちらこっちを見ている。

「あっ、ペンなら、ぼくが持《も》ってました」

ぼくはクーポンにサインしてそのままズボンのポケットに入れていたペンを、お姉さんにわたした。

「へえ、あんたって役《やく》に立つ子ね」

お姉さんは、なにか包帯《ほうたい》に書きはじめた。書くことは決《き》まっていたようにすらすら書いて、文字を内側《うちがわ》にして包帯を丸めた。

「りょうさんは、山田駅《えき》の裏《うら》にある山田コーポの二〇一号室《ごうしつ》に、ひとりで住《す》んでいるから」

ぼくが受《う》けとってポケットに入れると、お姉さんはほっとしたような顔をした。

「もうこれで、あの門に心残《のこ》りなく入っていけるわ」

「お姉さん、さよなら」

ぼくはマロンをぎゅっとだきしめ、バッジをにぎった。「体験終了《たいけんしゅうりょう》します」というのと同時に、お姉さんがぼくの頭に手をおいた。

「ありがとう」

そう聞こえた。

高いところからすとんと落《お》ちたような感覚《かんかく》がして、ぼくは自分の部屋《へや》のベッドの上にもどっていた。

「よかったー、おそいから心配《しんぱい》してたのよ。マロンもよかった、見つかったのね」

サトがぼくから、マロンを取《と》りあげた。

もうおばけ道も消《き》え、部屋のなかがすっかり明るくなっている。

「いま、何時っ？」

「朝の七時よ」

「よかった、ぎりぎりセーフだ」

サトはマロンにほおずりしている。

「あっそうだ、手紙を預《あず》かったんだった」

「手紙？」

ぼくはサトにお姉さんのことを説明《せつめい》した。

「ええっ、そんなのだめよ。勝手におばけから手紙を預《あず》かってくるなんて規則違反《きそくいはん》よ。おばけ協会《きょうかい》から手紙は没収《ぼっしゅう》されるわ」

そんな……、お姉さんのねがいなのに、「ありがとう」っていってくれたのに。

ぼくはまた、ふと思いついた。机《つくえ》の引き出しからクーポンを一枚《まい》取《と》り出しよくたしかめると、サインをした。サトは、「またあ？」という顔をしている。

「はい、これ」

「『おばけから手紙をもらえるクーポン』ね。でも、翔太《しょうた》さんあての手紙じゃないでしょ」

「ぼくあての手紙じゃないともらえない、とは書いてないよ」

「そういうのをへ理屈《りくつ》っていうのよ」

サトはクーポンをじっくり見て、ふかいためいきをついた。

「たしかに、サインした人間あての手紙じゃないとだめとは書かれてないから、まあだいじょうぶね。でもおばけ協会《きょうかい》からイヤミをいわれるのは、まちがいないわ」

五　友だちになり直す

山田駅《えき》は、学校からぼくの家とは反対方向《はんたいほうこう》にある。放課後《ほうかご》、山田コーポにいってみることにした。

山田コーポはすぐに見つかった。二階建《かいだ》ての古そうなアパート。階段《かいだん》の手すりが少しさびている。

二階の右はし――二〇一と表示《ひょうじ》されたドアの前に立った。中にりょうさんがいるのはわかってる。さっき黒いスーツに黒ネクタイをした若《わか》い男の人がこの部屋《へや》に入っていくのが、表《おもて》から見えたから。今日がお姉さんのお葬式《そうしき》だったんだ。

顔はうつむいていて、よく見えなかった。泣《な》いていたのかもしれない。

お姉さんの手紙で、少し気持《きも》ちがかるくなるといいな。

丸められた包帯《ほうたい》を、ドアの新聞受《しんぶんう》けにそっと入れた。底《そこ》にぶつかる音がコトッと響《ひび》いて、部屋のなかから足音が聞こえた。

ぼくは走って山田コーポを出ると、表の通りの電信柱《でんしんばしら》のかげから、二〇一号室《ごうしつ》の様子《ようす》をうかがった。まもなくスーツの上だけぬいだりょうさんがドアから飛《と》び出してきた。おどろいたような顔をして、きょろきょろしているのが見えた。きっと、手紙を読んだんだな。

山田駅《えき》の前を通って、家のほうへむかった。この駅の近くには大きな商店街《しょうてんがい》があって、ときどき買いものにくる。

「あれっ？」

由紀《ゆき》が商店街を歩いていた。今日まで学校は休みだったけど、ここでなにしてるんだろう。合図しようとあげかけた手を、またおろした。由紀とは、小学校に入学してからほとんど話していない。四年生から初《はじ》めて同じクラスになったけど、あいさつもろくにしていない。うーん、気まずい……。

由紀のおじいちゃんの、心配《しんぱい》そうな顔が思いうかんだ。よし。

「由紀ー」

ぼくは大声で叫《さけ》んで、由紀のほうへ走った。由紀がふりかえる。

友だちになり直す、なり直す。心のなかでくりかえした。由紀《ゆき》のびっくりした顔が、もう目の前、ええと、なんて話しかけよう。

「どうしたの？　翔太《しょうた》くん、こんなとこで」

あっ、先にいわれちゃった。

「ぼくは、ちょっと……たのまれごとがあって。由紀は？」

「うん、おじいちゃんがいつも買っていた雑誌《ざっし》の発売日が今日なの。仏《ぶつ》壇《だん》におそなえしようと思って、買いにきたの」

由紀がもう買ったらしい本屋さんのビニール袋《ぶくろ》を、持《も》ちあげてみせた。

「へえ、じゃあもう帰るんだ？」

「うん」

「……いっしょに帰ろう」

「うんっ」

ぼくは由紀《ゆき》とならんで歩きはじめた。なにを話そうなんて考えていたのは最初《さいしょ》のうちだけで、いつのまにか自然《しぜん》に会話していた。

クラスのいやなやつのこと、クラブ活動《かつどう》のこと、ちかごろ聞いた都市《とし》伝説《でんせつ》のこと。話すのはほとんどぼくのほうで、由紀はときどき、笑《わら》ったりうなずいたりしていた。

気がついたら、由紀の家の前まできていた。

「じゃあね。明日から学校にもいくから」

「おう、また明日な」

なんだか、新しい友だちができたときみたいに、はずむような気持《きも》ちだった。そっか、これが友だちになり直す、ってことか。由紀のおじいちゃんに、今日のこと教えたら喜《よろこ》んでくれるだろうな。

「翔太《しょうた》さん、翔太さんってば」

サトに声をかけられたときは、もうぐっすりねむっていた。

「なんで起《お》こすんだよ。きのうはマロンさがしで、あまりねてないんだからさあ」

ああまた今日も、部屋《へや》の上のほうにおばけ道ができている。おばけを見る前にねてしまおうと、毛布《もうふ》をかぶって目をつぶった。

「ねえマロンはどこ？」

「マロンはちがう部屋だよ。またおばけ道にまよいこんだら大変《たいへん》だろ。じゃ、おやすみ」

「わたしがマロンをちゃんと見てるから、つれてきてよ」

「うるさいなあ、やだよ」

「……う・ら・む・か・ら｜」

おばけのいう「恨《うら》む」「呪《のろ》う」には、悪《わる》い気がこめられているんじゃないだろうか。一瞬《いっしゅん》で、頭から足まで冷《つめ》たい水をかけられたように感《かん》じた。

ニャニャーン

「マローン」

サトがうれしそうに、マロンをだきしめた。しかたなくマロンはつれてきたけど、頭にくる。おどすなんて、あんまりだ。さっさと毛布《もうふ》をかぶった。

「ありがとう、翔太《しょうた》さん」

返事《へんじ》なんかしない。

「ごめんね。……わたしね、生きてたころネコを飼《か》ってたの。マロンとすごく似《に》たネコだったのよ。茶色で名前はくりっていうの。マロンって栗《くり》のことでしょ？　すっごい偶然《ぐうぜん》。だからマロンがくりみたいに思えて」

ネコがすきなのはわかってる。

「でも、お母さんにかくれて家の物置《ものおき》でこっそり飼《か》ってたから、見つかって……捨《す》てられちゃった。そのあと、わたし病気《びょうき》になって、死《し》んじゃったの」

毛布《もうふ》から顔を出して、サトを見た。

「わたしのお葬式《そうしき》のとき、お母さんが、ネコを捨ててごめんね、ってなんどもあやまりながら泣《な》いていた」

サトの声がふるえている。ぼくはベッドの上に起《お》きあがった。

「わたし、もういいよっていったんだけど、伝《つた》わらなくて。おばけ界《かい》からも、お母さんのすがたを見ることができるんだけど、いまでもときどき、お仏壇《ぶつだん》のわたしの写真にむかって、ごめんねっていってるのよ。もう気になんかしなくていいのに」

マロンがサトの顔をぺろっとなめた。

「ありがとう、マロン、心配《しんぱい》してくれて。翔太《しょうた》さんも、ありがとう」

雑木林《ぞうきばやし》のほうから音がして、だれかがおばけ道を通過《つうか》していった。

あの人も、だれかに伝《つた》えたいことがあったんだろうか？

次《つぎ》の日、靴箱《くつばこ》に、おりたたまれた紙が入っていた。こっそり紙を開いた。

『翔太《しょうた》くんへ　きのうは声をかけてくれて、ありがとう。また、いろんな話をしようね。由紀《ゆき》』

教室で、由紀がいつもいっしょにいる女子たちと話していた。

「おはよう、由紀」

ほかの子たちが、おどろいてぼくと由紀を見くらべている。由紀が小さな声で、でもうれしそうにいった。

「おはよう」

席《せき》につくと、ヒロキが興味《きょうみ》しんしんという顔で話しかけてきた。

「なあなあ、翔太と井上《いのうえ》って、いつのまに仲良《なかよ》くなったんだ?」

「幼稚園《ようちえん》のころから、仲良かったんだよ」

からかうんなら、からかってみろ。

「よかったよ。井上《いのうえ》っておとなしいから、仲良《なかよ》くしてる女子からも、たまにきついこといわれてるんだけど、あいつだまってるんだ。翔太《しょうた》みたいなやつと、仲良くなるのはいいことだな」

ヒロキはひとりで納得《なっとく》したように、うんうんとうなずいていた。

意外《いがい》だ、ヒロキがこういうことをいうなんて。ぼくは思わず、いっていた。

「人ってさ、いえなかったこととか行動《こうどう》できなかったことがあると、ずっと後悔《こうかい》するんだ。死《し》んでから気づいても、まにあわないんだ」

ヒロキも、おっ意外、という顔をした。

「おれもそれ、わかる。うちのばあちゃんが、そうなんだ。何十年も前のことずっと、後悔《こうかい》してる」

どういうことか聞きたかったけど、先生が教室に入ってきて、ぼくは前をむいた。


その夜、サトの声で目がさめた。

「ああ、マロンならここに、ほら」

マロンがぼくの毛布《もうふ》からゴソゴソ出て、サトに飛《と》びついた。ぼくもベッドから出た。

「もうねなくていいの？」

「うん、どうせ三時まで一時間だし、起《お》きてるよ」

おばけ道の工事《こうじ》が終《お》われば、サトはもうここにこない。もっと話をしたほうがいいような気がするんだ。

「あっそうだ、最初《さいしょ》の日におばけ道を通っていったおじいちゃんと、約《やく》束《そく》してただろ？　由紀《ゆき》って子と友だちになり直すって」

「うん、そうだったわね」

「その約束、守《まも》れたんだ」

「へえ、よかったわね」

そこではっと気がついた。

「そうだ、クーポンだ。あれを使《つか》えば！」

サトはサインをしたクーポンと、手紙を見くらべた。

「『おばけに手紙を出せるクーポン』ね。でもこれ、翔太《しょうた》さんが書いた手紙じゃないわよね」

「そうだよ、でもクーポンには――」

「本人が書いた手紙じゃないとだめ、とは書いてないっていいたいんでしょ？　んもう、おばけ協会《きょうかい》からしかられるのは、わたしなんだからあ」

「たのみます」

ぼくは手を合わせた。

「お葬式《そうしき》みたいにおがまないでよ。……わかったわ、この由紀《ゆき》さんの手紙を、由紀さんのおじいさんにわたせばいいのね、はいはい」

ぼくの靴箱《くつばこ》に入っていた由紀からの手紙、由紀のおじいちゃんが読めば、ぼくと友だちになり直したことが伝《つた》わって安心《あんしん》してくれる。

サトは手紙とクーポンをしまうと、マロンをだいて座《すわ》った。ぼくもとなりに座る。マロンはゴロゴロのどを鳴らしながら、サトにあまえている。そのうち、会えなくなることを知っているのかもしれない。

「ねえ、死《し》んだ人はおばけ道を通って、むこうの世界《せかい》でも、生きてたときのような生活をするんだよね。そのあとはどうなるの？」

「長いことおばけ界にとどまっている人もいるし、あるとき突然《とつぜん》おばけ協会《きょうかい》から呼《よ》び出しを受《う》けて、どこかへいっちゃった人もいるけど。わたしもそれは、よくわからないの」

六　伝《つた》えたかったことば

学校の帰り、ヒロキとふたりで由紀《ゆき》の家に遊《あそ》びにいくことになった。

由紀は明日がおじいちゃんの初七日《しょなのか》だとかで、また学校を休むことになっている。

「家の人っていそがしいんじゃないの？　おれらがいって、迷惑《めいわく》じゃない？」

ヒロキのやつ自分から由紀の家にいこうっていったくせに、急《きゅう》に心配《しんぱい》しはじめた。

「だいじょうぶよ、わたしが友だちをつれてくると、両親《りょうしん》とも喜《よろこ》ぶから」

放課後《ほうかご》、由紀《ゆき》に声をかけていっしょに帰っていたとき、「いま、都市《とし》伝説《でんせつ》の話、してたろ?」と、突然《とつぜん》ヒロキがくっついてきたんだ。

三人で都市伝説にもりあがり、いちばん近い由紀の家でさらにもりあがろう、とヒロキがいいだした。

由紀のお母さんが、ひさしぶりにきたぼくと初《はじ》めてのヒロキを歓迎《かんげい》してくれた。おじいちゃんの仏壇《ぶつだん》に線香《せんこう》をあげさせてもらった。花やくだものでいっぱいの仏壇には、笑顔のおじいちゃんの写真がかざってあった。もう由紀の手紙を見ただろうか、喜《よろこ》んでくれたかな。

由紀の部屋《へや》で、おかしを食べながらしていたテレビや学校の話がつきたころ、ふと思い出した。

「なあヒロキ、きのう、ヒロキのおばあちゃんのこと話してただろ」

「ああ、おれのばあちゃんが、ずっと後悔《こうかい》してることがあるってこと？」

「なあに、その話？」

由紀《ゆき》も聞きたそうだ。ヒロキは急《きゅう》に真顔《まがお》になった。

「あのさ、おれのばあちゃんは昔《むかし》、病気《びょうき》で娘《むすめ》を亡《な》くしてるんだ。まだ小学四年生だったって、いまのおれらといっしょだ。あ、その娘っておれの父ちゃんの姉さんにあたる人なんだけど。その子がさ、ひろってきたネコをこっそり物置《ものおき》で飼《か》ってたらしいんだ。で、それを見つけたばあちゃんが、捨《す》てちゃったんだって」

その話、聞いたことがあるぞ……。

「でも、そのあとすぐだって、その子がおもい病気になって亡くなってしまったのは」

「ええーっ」

由紀《ゆき》が、両手《りょうて》で胸《むね》をおさえた。

「だからさ、おれのばあちゃんいまでも、ときどきつぶやいてるんだよ。『あの子にネコを飼《か》わせてあげればよかった、ごめんよ』って」

「そんなあ」

「おれもそんなあって思うんだ。その子もかわいそうだけど、ばあちゃんもかわいそうだ」

「ちょ、ちょっと待《ま》って」

ぼくはヒロキの腕《うで》をつかんだ。

「な、なんだよ」

「その子の名前なんていうんだ?」

「ええ？　名前なんか聞いてどうするんだよ。まあいいけど……なんだっけ？　たしか父ちゃんが『サト姉さん』っていってたような」

その夜は、起《お》きてサトを待《ま》っていた。とてもねてなんていられない。

クーポンもしっかり手に持《も》った。

おばけ道がふっとあらわれ、マロンがニャーンと鳴いたと同時に、サトのすがたがうすう闇《やみ》にうかびあがった。

「サトッ」

「うわっ、びっくりしたあ、今日は起きてたんだ」

「こんどはこのクーポンを使《つか》いたいんだ」

さっそく、クーポンをサトにわたした。

『おばけに会えるクーポン』を使《つか》うのね。翔太《しょうた》さんはだれに会いたいの？」

「ぼくじゃないよ。サトとサトのお母さんが会うんだ」

「え？　どうしてわたしがお母さんと？」

「ぼくの友だちにヒロキってやつがいるんだ。そいつから、そいつのおばあちゃんの話を聞いたんだ――」

ぼくの話をサトはじっと聞いていた。頭上をおばけたちが通りすぎていく。だれかが笑《わら》いながら手をつき出してきた。ぼくは、その手をぱしっとたたいた。じゃまするな。だいじな話をしてるんだ。

「お母さん、お母さん……」

ぼくの話を聞きおわると、サトは泣《な》きだした。マロンが心配《しんぱい》そうにサトにまとわりつく。

　しばらくして、サトが顔をあげた。

「弟の息子《むすこ》が、翔太《しょうた》さんの友だちだったなんて。お母さんには、そんなやさしい孫《まご》までいるのに。お母さんには、お母さん自身《じしん》のために。もうネコのこと、気にしなくていいのに」

　ああ……


「もういいって、いってやりなよ。サトから聞かないと、お母さん納得《なっとく》できないんだ」

「でも、このクーポンは使《つか》えないわ。ちゃんと注意《ちゅうい》書きがあるもの。『あなたの家にあなたが会いたいおばけを招待《しょうたい》します』って。手紙みたいに、わたしを運《はこ》んでもらうことはできないもの。招待された家以外《いがい》では、わたしのすがたは見えないの」

「サインを見てみなよ」

サトがもういちどクーポンを見て、顔色を変《か》えた。

「ヒロキにサインしてもらったんだ。ヒロキはおばあちゃんと――サトのお母さんといっしょに住《す》んでいるから。ヒロキの家にいけばお母さんに会えるよ」

夕方、由紀《ゆき》の家から帰ったあと、すぐにクーポンを持《も》ってヒロキに会いにいったんだ。

「このクーポンにサインすれば、おばけに会えるっていう都市伝説《としでんせつ》だ」

ヒロキは最初《さいしょ》「ええっ?」って、ちょっとこわがってた。でも、「都市伝説が真実《しんじつ》なのかたしかめてみたいっていってたくせに」っていったら、「おお、たしかめるチャンスをありがとよ」なんて強がってサインしてくれた。会いたいおばけもきっちり聞いてきた。

「いちばんに会いたいのは、サトおばさんかな、かわいい甥《おい》だから悪《わる》さとかしないだろうし。べつに、ほかのおばけがこわいわけじゃないぜ」


サトはクーポンをいとおしそうに、手でなでた。

「ヒロキくんったら、そんなことといって」

サトが一瞬《いっしゅん》、ずっとおとなのように見えた。

「でもね、翔太《しょうた》さん、これは翔太さんがもらったクーポンなのよ」

「わかってる。でも人にあげてはいけない、とは注意《ちゅうい》書きにはないよ」

「ありがとう、翔太さん」

サトは三時になりおばけ道が消《き》えると、帰っていった。すぐに、おばけ協会《きょうかい》にクーポンを提出《ていしゅつ》するといって。

次《つぎ》の日学校へいくと、さっそくヒロキが話しかけてきた。

「おばけなんか、見なかったぜ。あの都市伝説《としでんせつ》はうそだな」

「そうかもな」

ぼくはてきとうにあいづちを打《う》つ。今夜あたり、サトはお母さんに会いにいくのだろうか。

夜中、マロンのうなり声で、目がさめた。おばけ道が通っている。そばで、だれかが動《うご》く気配《けはい》がした。

「なんだ、サト、起《お》こしてくれればいいのに」

ベッドに起きあがって、サトを見た。ひさしぶりに悲鳴《ひめい》をあげそうになった。

「だ、だれっ？」

黒ずくめの服の、背《せ》の高い男が立っていた。ぼおっと光っているので、サトと同じ世界《せかい》の人だとわかった。

「わしは、サトの代理《だいり》の者《もの》だ。おまえのクーポンのせいで、いま、サトは母親に会いにいっておるわ」

男はふきげんにいった。

「そうですか。よかったあ」

男は目を見開いてぼくを見た。

「いいわけなかろう。そのせいで、わしがこの部屋《へや》にこなきゃならん。ほかの仕事《しごと》でいそがしいのだぞ」

「す、すみません」

「ったく、なんどもなんども、みょうなクーポンの使《つか》い方をして、おばけ協会《きょうかい》が迷惑《めいわく》しておる」

「は、はい、ごめんなさい」

すごく居心地《いごこち》の悪《わる》い一時間をすごしたあと、男はふんっと最後《さいご》までふきげんそうにして、消《き》えていった。

「あー、なんだかめちゃくちゃつかれた」

マロンも急《きゅう》に緊張《きんちょう》がとけたように、ベッドにうずくまった。

七　また会える日まで

今日は土曜だから、学校は休みだ。ヒロキにおばあちゃんの様子《ようす》を聞きたかったのになあ。夜の二時がちょっと待ちどおしい。

夕食もお風呂《ふろ》もさっさとすませ、マロンをかかえて自分の部屋《へや》へ急《いそ》いだ。天井《てんじょう》をつい、なんども見あげてしまう。

夜の二時、おばけ道ができて、サトがあらわれた。

「よかった、サトで。またきのうのふきげん男がきたらどうしようかと思った」

ニャーン

マロンもさっそく、サトに飛《と》びついた。

「ごめんね、きのうは。でもありがとう。翔太《しょうた》さんのおかげで、お母さんに会えたの。ネコのことはもう、わたしはなんとも思ってないから、お母さんも気にしないでって、伝《つた》えられたの」

サトは思い出して、また感動《かんどう》がよみがえったようだった。

「また会えるからって、だからお母さんもしあわせにくらしていてねって、いえたの」

「そっか、よかったなあ、サト」

「うん」

しばらくふたりで、いろんなことを話した。ぼくの家族《かぞく》のこと、ヒロキの学校での様子《ようす》。時間はすぐにたって、もうおばけ道が消《き》えるころになった。

「明日で最後《さいご》だね」

「そうね、いろいろありがとう」

「あ、あのさ、またいつか、会えるよね」

「もちろん、ずーっと先だけどね。でも翔太《しょうた》さんが自分の人生を強くしっかり生きぬいてなかったら、会ってあげないからね。ふふふ、とりあえず、また明日ね」

サトは手をふって、消《き》えていった。

え、なんで？

最後《さいご》の夜、二時になってあらわれたのは、あのふきげん男だった。マロンがうなっている。

「サトは？」

「サトはこない。急《きゅう》に、おばけ協会《きょうかい》からの呼《よ》び出しがあったんだ」

さっと背中《せなか》に寒気《さむけ》が走った。おばけ協会から呼び出しを受《う》けて、どこかへいっちゃった人もいる……。前にサトがいっていた。

「サトはどこにいったんですか？　もしかして、ぼくが変《へん》なクーポンの使《つか》い方をしたから、おばけ協会から罰《ばっ》がくだったとか？　ねえ、教えてください」

ぼくは男の服をぎゅっとつかんだ。

「わしがこわくはないのか？　みょうな子どもだ」

男はふしぎそうに、ぼくを見おろしている。

「こわいです。でも、サトを助《たす》けたい」

男がじっとぼくを見つめてきた。

「悪《わる》いが、規則《きそく》でおばけ界《かい》のことを教えるわけにはいかんのだ」

「そんな、悪いのはぼくなのに、ぼくが無理《むり》にクーポンを使《つか》ったのに――」

「まだ残《のこ》っているはずだが、あのクーポンが」

男がひとりごとのように、つぶやいた。

「あっ」

なんだっけ、最後《さいご》のクーポン。机《つくえ》から急《いそ》いで出した。

『おばけ界《かい》の秘密《ひみつ》を知るクーポン』

ぼくはサインをして、男にわたした。

「ふん。で、教えられるのはおばけ界についてひとつだけ。ちゃあんと、注意《ちゅうい》書きにあるからな。おばけ界の広さはとか、おばけ協会《きょうかい》のいちばん大変《たいへん》な仕事《しごと》はとかだ。サト個人《こじん》のことを聞いたって答えられないからな」

ぼくは、しばらく考えてからいった。

「おばけ協会に呼《よ》び出された人は、どうなるんですか?」

男がにやっと笑《わら》っていった。

「新しい命《いのち》をもらうんだ」

「それって生まれ変《か》わるってこと?　どこに?」

男はもう、なにを聞いても答えてはくれなかった。

おばけたちが通りすぎていくのを、ぼくはぼんやりながめていた。

「時間だ。工事《こうじ》は完了《かんりょう》した。世話《せわ》になったな」

男がつぶやいた。時計を見るとちょうど三時で、おばけ道はふっと消《き》えた。

男はすがたを消す瞬間《しゅんかん》、またひとりごとのようにつぶやいた。

「サトは会いたい人のところへ生まれ変《か》わるとは、うらやましいかぎりだ」

ふしぎな秋の七日間が終《お》わって、いつもどおりの生活にもどった。マロンはたまに、ぼくの部屋《へや》の天井《てんじょう》をじっと見つめている。ぼくもサトのことを思い出して、ぼんやりしてしまうことがある。

冬がすぎて、少し暖《あたた》かくなってきたある日の放課後《ほうかご》、ヒロキがぼくと由紀《ゆき》に、がまんできないって顔でいいだした。

「いやあ、まだ安定《あんてい》するまでだれにもいっちゃいけないって母ちゃんに止められていたんだけどさ、もうだいじょうぶだって」

「なにが？」

「ヒヒヒッ」

「なによ、ヒロキくん、気味悪《きみわる》いわね」

「じつは……」

ヒロキがぼくたちを通せんぼするように、ばーんと両手《りょうて》を広げた。

「おれに妹ができまーす」

「えぇっ！」

「本当？」

「うん、きのう母ちゃんが病院《びょういん》で聞いてきたんだ、女の子だって。父ちゃんも母ちゃんも、女の子にお姫《ひめ》さまみたいな服着せるのが夢《ゆめ》だったなんていってさ、今日さっそく服とか靴《くつ》とか買いにいくんだって。ばあちゃんまで、長生きしなくちゃなんて、はりきってさ。あの喜《よろこ》びよう、息子《むすこ》のおれに失礼《しつれい》だって」

ヒロキは、ちっとも失礼とは思ってなさそうな顔でいう。

「赤ちゃんがうまれたら、見にいかせてもらおうよ、翔太《しょうた》くん」

「翔太？」

ふたりがぼくの顔をのぞきこんでくる。ぼくはあわてて、横《よこ》をむいた。

「あれ？　翔太、涙《なみだ》ぐんでるんじゃないの？」

「うるさいなあ。おまえ、妹泣《な》かすなよ」

「翔太《しょうた》にいわれたかないよ」

「おばあちゃんもだいじにしろよ」

「どうしたの？　翔太くんってば変《へん》」

由紀《ゆき》とヒロキが大笑《わら》いしてる。ふん、勝手《かって》に笑ってろ。

「妹がネコ飼《か》いたいっていったら、ぜったいに反対《はんたい》するなよ」

もうひとこと、つけくわえてやった。

作：草野《くさの》あきこ

1969年生まれ。福岡県在住。福岡女子短期大学音楽科卒業。朝日カルチャーセンター福岡童話教室「オルゴールの会」会員。第32回福島正実記念SF童話賞大賞を受賞（「おばけ道工事中」を改題）、デビュー作となる。

絵：平澤朋子《ひらさわともこ》

東京生まれ。武蔵野美術大学卒業。現在、フリーのイラストレーターとして活動中。児童書の挿し絵や装画、ＣＤジャケットなどを幅広く手がける。

おばけ道、ただいま工事中!?

おはなしガーデン 49　**NDC** 913

発行日	2015年 8 月 31 日　第 1 刷発行
	2018年 6 月 15 日　第 6 刷発行
作	草野あきこ
絵	平澤朋子
発行者	岩崎弘明
発行所	株式会社岩崎書店
	〒112－0005　東京都文京区水道１－９－２
	☎03－3813－5526（編集）03－3812－9131（営業）
	振替 00170－5－96822
印刷	三美印刷株式会社
製本	株式会社若林製本工場

Published by IWASAKI Publishing Co., Ltd. Printed in Japan

ISBN978-4-265-05499-2

岩崎書店ホームページ　http://www.iwasakishoten.co.jp

ご意見ご感想をお寄せ下さい。e-mail : hiroba@iwasakishoten.co.jp

落丁本・乱丁本はおとりかえいたします。